DÉBUTS POÉTIQUES

PAR

NICOLAS BENZA

Ouvrier au port de Toulon.

> La lyre ne nous fut donnée
> Que pour endormir nos douleurs.
> A. DE LAMARTINE.

PRIX : 75 centimes

TOULON.

IMPRIMERIE VEUVE BAUME, RUE NEUVE, 20

DÉBUTS POÉTIQUES

PAR

NICOLAS BENZA

Ouvrier au port de Toulon.

La lyre ne nous fut donnée
Que pour endormir nos douleurs.
A. DE LAMARTINE.

TOULON.

IMPRIMERIE VEUVE BAUME, RUE NEUVE, 20

1858

PRÉFACE.

Nous croyons que ce début sera accueilli du public avec bienveillance, qu'il rencontrera des lecteurs d'autant plus indulgents, que cette œuvre n'a pu être élaborée qu'au coin du feu pendant les longues soirées d'hiver.

Le monde éclairé comprendra, croyons-nous, tous les efforts que l'Auteur a dû vaincre, pour arriver à ce degré de connaissances rhythmiques nécessaires pour faire chanter convenablement sa muse.

La source où ont été puisés ses motifs, sera pour quiconque lira ces vers facile à reconnaître, par les sentiments qui y sont répandus ou par des appréciations souvent vraies, quoique exagérées, des douleurs humaines, douleurs d'autant plus saisissantes qu'elles marchent ici-bas presque toujours en cotoyant le vice, cette hideuse plaie du libertinage.

On a souvent répété que les hommes de la

classe laborieuse , étaient sans pitié envers ceux qui cherchaient à les affranchir de la servitude, par des chants héroïques ; nous croyons au contraire , que dans la masse des ouvriers, pris ici collectivement, le germe du bien y est excellent : une âme pure et candide, une foi droite et sincère sans calcul d'amour-propre , un cœur honnête et libre , des désirs qui montrent, en général , une grande et chaste ferveur dans la foi chrétienne, cette source consolante, jamais tarie, destinée à relever de l'abattement tous les hommes de labeur et de fatigue.

Cette œuvre a sourtout été composée pour la jeunesse studieuse des travailleurs de toutes professions manuelles.

Si la muse de M. Benza est toujours d'une tristesse et d'une mélancolie chagrines, c'est qu'en parlant de l'ouvrier, il sent fortement sa douleur qu'il partage. Il sait aussi que la poésie peut consoler quelquefois les plus grands chagrins.

Nous lui dirons en terminant cette courte préface, courage ! que votre timidité ne soit pas pour vous un écueil; rassurez - vous Benza, travaillez ! travaillez !! tout ce qui

V

élève l'âme; tout ce qui purifie la pensée ne saurait périr, et votre début qui n'est que l'expression des sentiments de votre cœur, trouvera des lecteurs.

X.

P S. Il a paru convenable de reproduire ici , la lettre d'encouragement adressée à l'Auteur par M. Lamartine.

Monsieur,

Sans une absence de Paris qui s'est prolongée jusqu'en Janvier, je vous aurais dit déjà le plaisir que vos vers m'ont donné. Je les ai lus avec le vif intérêt qui s'attache à votre vie laborieuse. Vous avez bien compris que la plus noble inspiration littéraire c'est le travail et le devoir accompli.

LAMARTINE.

Février 1837.

DÉBUTS POÉTIQUES.

INSPIRATION. [1]

Toi qui créas le monde et qui fis le tonnerre ,
Seigneur Père éternel souverain de la terre ,
De ton trône divin tu prédis l'avenir ;
L'immensité des cieux, le gouffre amer des hommes,
Dis-le moi par pitié dans ce siècle où nous sommes,
     N'est-ce pas trop souffrir ?

Aussitôt que du jour connaissant la lumière,
Nous sommes accablés, aigris par la misère ;
Vient la rigueur des temps sur nous s'appesantir,
Léger et lourd fardeau tu passes comme un rêve
Ta douce illusion à ton réveil s'achève
     Puis il nous faut mourir !

Mourir hélas ! mourir sans regretter la vie,
Rentrer dans le néant où le sort nous convie,
Passer comme une fleur du jour au lendemain ;
Seigneur si tu savais en donnant cette place ,
Que ce triste séjour est une mer de glace
     Qui se brise soudain.

(1) Cette pièce a été composée peu de temps avant le traité de
paix entre la France et la Russie.

Pourquoi nous avoir mis, dans cette vie obscure
Où l'homme de bonté n'est sujet qu'à l'injure ,
Renfermant dans son cœur le fiel de la douleur ;
Seigneur, du haut des cieux de la voûte azurée ,
Redonne à tes enfants une autre destinée
     Un avenir meilleur.

Car depuis que je suis sur cette triste terre
Je rencontre partout la terreur et la guerre ,
La guerre, ce fléau que je ne comprends pas ;
Ta volonté ne peut, dans ta bonté suprême ,
Ordonner à celui qui, ceint du diadême
     D'animer des combats.

Vois dans Sébastopol cette ville si fière , ,
Combien de tes enfants ont mordu la poussière,
Et les autres soumis a la rigueur du temps ,
N'est-ce pas une erreur, une noire infamie
Le sang que fait verser l'empereur de Russie ,
     Depuis bientôt deux ans.

Mon cœur est affligé d'une vaine tristesse
En voyant que chacun vers ton trône s'adresse ,
Implorant ton secours pour sauver son pays ;
L'autre prie à genoux pour venger sa patrie ,
Qui condamneras-tu dans cette impéritie
     N'est-ce pas tous tes fils?

C'est bien nier ton nom, profaner ta doctrine,
Qu'implorer ton secours ta justice divine
Pour aider à verser le sang de tes enfants ;
Arrête leurs transports, leur aveugle furie,
Car ils ne savent pas que ton bras seul châtie
     Les vils et les tyrans.

Apprends à l'oppresseur, ce souverain rebelle,
Que l'amour et la paix sont l'unique modèle ,
Et non pas de ravir ce que tu défendis ;
La grappe à l'âge d'or et la pomme dorée
Le myrthe, le laurier et la palme adorée,
   Et que tu reverdis.

Dis-lui que leur orgueil à tes yeux n'est qu'une ombre
Qui passe comme un vent par une nuit bien sombre ,
Que le faste enchanteur qui décore son front
N'est qu'une vanité, qu'un frivole mensonge ,
En opprimant son peuple, il l'accable et le ronge
   D'ironie et d'affront.

Dis-lui qu'il pose enfin sous ta juste puissance,
Les fers trempés du sang d'une noire vengeance ,
Que chaque combattant quittera tour à tour
Le gant qu'il a lancé pour dégaîner l'épée ,
Que sa tranchante lame y sera remplacée
   De concorde et d'amour.

Que le bronze, l'acier à la rouge oriflamme,
Va ternir la couleur qui l'anime et l'enflamme ,
Et que chaque vaisseau dans son port rentrera ;
La mère du soldat dans son humble chaumière .
Revoyant son enfant, bénira sur la terre
   Le jour qu'il reviendra.

Alors, ô roi des rois de l'un a l'autre pôle .
Des rives de Russie à celles de la Gaule ,
Des chants retentiront en louanges de paix ;
Mais ne reste pas sourd a mon humble prière ,
Prosterné devant toi dans ma douleur amère
   En secret je dirai

Bienheureux est celui qu'ayant reçu la vie ,
Expire sans jamais connaître le malheur
Ni les tourments cruels auxquels le sort nous lie;
Seigneur, restera-t-il sans crainte et sans envie ,
Au royaume des cieux en goûtant le bonheur.

LE JOUR DES RAMEAUX

à une jeune fille.

Quand dans Jérusalem le maître de la terre ,
Introduisit ses pas prêchant ses saintes lois ,
Le peuple ayant connu que c'était le vrai père
Qui voulait les sauver des tyrans et des rois ;
Parsema de lauriers, emblême d'allégresse,
Le chemin où passait notre divin Seigneur ,
Et criait plein d'amour, de joie et de tendresse
« Gloire à notre Sauveur ! gloire à notre Sauveur. »
    Et vous ma chère enfant ,
    Dont le cœur innocent
    Célèbre la mémoire ,
    Du vrai Dieu d'Israël
    Qu'en ce jour solennel
    Fut couronné de gloire :
    Aimez le Tout-Puissant,
    Secourez l'indigent ,
    Respectez la vieillesse ;
    Obéissez toujours ,
    Aux auteurs de vos jours
    Pour prix de leur tendresse

LA SAINT-CRÉPIN.

A mes Amis les Ouvriers Cordonniers.

Mes chers amis, permettez que ma muse ;
Pour célébrer en ce jour solennel
La Saint-Crépin, vous demande une excuse ;
Car voyageant dans ce gouffre de fiel
Je crains hélas ! de déchirer mon aile ,
Vu qu'ici-bas de mon jeune printemps ,
Aucun nocher ne guida ma nacelle ,
Je fus conduit aux caprices des vents.

Mais si je trouve en ce beau jour
Une réception assurée,
Chantons la concorde et l'amour
De cette fête si sacrée.

Salut ! cent fois salut ! aurore fraîche et pure
Qui par tes doigts de rose embellis la nature ,
Que par ton doux réveil embaume l'univers ;
Et porte dans nos cœurs la joie et l'allégresse,
Viens charmer nos désirs, chasser notre tristesse
Et nos regrets amers.

Sur des coursiers dorés Phœbus reprend sa course,
Beau jour tu ne devrais jamais tarir ta source :
Eole ordonne aux vents d'apaiser leur fureur ,
Et le grand Apollon à l'accord de sa lyre ,
Prélude des concerts que l'Eternel inspire
Et fait battre le cœur.

Amis, unissons-nous sous la même oriflamme
Que l'amour fraternel s'empare de notre âme ,
Et le verre à la main ranimons la gaîté,
Ecartons loin de nous ces êtres mercenaires
Qui cherchent à ravir le prix de nos salaires
   Pour la postérité.

Regardez, mes amis, regardez sur la table ,
Ces mets si précieux, ce repas délectable,
Ce cristal où l'on voit briller ces belles fleurs
Qui par leurs doux parfums embaument la nature ,
Chaque fleur représente une Vierge bien pure
   Enivrant tous les cœurs.

Que nous sommes heureux que nous goûtons de charmes,
Ces tridents argentés nous remplacent les armes ,
La coupe qui longtemps ne versa que du fiel
Se change tout-à-coup en vrai nectar limpide ,
Nos verres de cristal sont pleins de ce liquide
   Aussi doux que le miel.

Nous sommes très heureux dans notre indépendance
Nous formons en ce jour une sainte alliance ,
Amour, bonheur, santé, c'est notre seul désir ,
Que ce doux souvenir dans nos cœurs se repose ,
Comme un suave amour, comme la pure rose
   Qui va s'épanouir.

Si nous avons des fils aimants comme leur père ,
Que toujours l'union les guide et les éclaire ,
Au milieu des festins par les mêmes appas ;
Imitant leurs aïeux, que la même concorde ,
Les conduise toujours et toujours les accorde
   Et dirige leurs pas.

Quel rêve de bonheur fait battre ma poitrine ,
D'un élan éternel d'une force divine ,
C'est notre bon patron, c'est notre Saint-Crépin
Qui nous ordonne à tous de chanter avec gloire,
Pour inscrire ce jour au temple de mémoire
     Et bannir le chagrin.

Buvons ce doux nectar, buvons à coupe pleine,
Chantons, chantons en chœur jusques à perdre haleine
La parfaite union, la paix, la liberté ;
Célébrons dignement ce jour qui nous rassemble ,
Et d'un commun accord, amis, disons ensemble :
     « Amour, fraternité. »

L'ATTENTE,

Nuit pacifique ,
Mon seul espoir
Si Scholastique ,
Je puis revoir.
Dans sa demeure ,
Joyeux ce soir
Pendant une heure ,
J'irai m'asseoir.
Amour fidèle
Guide mes pas;
Loin de ma belle ,
Je souffre hélas !
Sa voix m'appelle ;
Joyeux zéphir ,
Emporte l'aile
De mon désir.
Va, pars, devance ,
Mon pas léger ,
Rends-lui d'avance
Mon doux baiser.

L'ESPÉRANCE.

Hélas ! mon Dieu quand finira ma vie ,
Pourquoi rester ainsi sous les verrous ,
Pourquoi ne plus voir ma mère chérie
Dont les baisers m'etaient jadis si doux ;
Faudra-t-il donc que dans cet esclavage ,
Meurent enfin mon bonheur, mon amour,
Et qu'à jamais plane le noir nuage
Sur mon cachot triste et sombre séjour.

     O toi douce espérance ,
     Viens calmer la souffrance ,
     Dont la triste douleur
     Me déchire le cœur.

  Sous le fardeau des chaînes populaires ,
Je sens mon corps s'épuiser et faiblir ,
Il faut pourtant que sous ces fers sévères
Je souffre hélas ! sans espoir d'avenir ;
Dans un recoin sur la litière impure ,
Dont mes sanglots arrosent tristement ,
J'attends la mort cette mère future
Pour m'arracher de l'horrible tourment.

  Quand le soleil darde sur les montagnes ,
Que les oiseaux chantent le cœur joyeux ,
Et que la fleur étoile des campagnes ,
Du papillon prend le souffle amoureux ;

Ma vie alors pour moi n'est plus qu'une ombre ,
Le cœur navré d'un amer désespoir .
En soupirant dans ma cellule sombre
Je pense au jour en attendant le soir.

  Quand vers la nuit une faible lumière ,
Vient m'éclairer pour manger mon pain noir ,
Alors , mon Dieu , je fais une prière
Un seul ami cet instant je puis voir ,
Ce compagnon c'est la douce araignée ,
Qui descendant de son réduit obscur ,
Cherche sa part à la mie égarée ,
Et sur ma main donne le baiser pur.

     O toi douce espérance ,
     Viens calmer la souffrance ,
     Dont la triste douleur
     Me déchire le cœur.

LA CHARITÉ.

O charite ! que tu me parais belle ,
Quand je te vois sortir d'un digne cœur ,
Quand je te vois abriter sous ton aile
Les orphelins frappés du vrai malheur ;
Quand je te vois au sein du prolétaire ,
Pleine d'amour et de maternité ,
Donner la main au vieillard, à la mere
  Je te bénis divine charité.

Quand dans le sein d'une pauvre famille,
Dont les besoins cachés la font souffrir ,
Tu vas porter sous ton humble mantille
La douce aumône et l'heureux avenir ;
Quand sous tes pas l'infirmité succombe,
Quand l'ouvrier sans pain et sans cité ,
Ton tendre amour leur prolonge la tombe ,
  Je te bénis divine charité.

Quand je te vois charité bien-aimée ,
Livrée en proie au public déshonneur ,
Et par l'intrigue ainsi prostituée ;
Ton nom flétri me déchire le cœur.
On te déprave et tu te dévergondes ,
L'horreur remplace ainsi l'humanité ,
En te souillant dans des sectes immondes
  Je te maudis indigne charité.

Je te maudis quand par un vil caprice ,
On fait de toi l'instrument délateur ,

       2

Je te maudis quand tu soutiens le vice
Et met au jour l'orgueil et l'impudeur ;
De l'Eternel Créateur de la terre
Tu perds ton nom et ta divinité ,
Pardonne-moi de te dire : ô ma mère !
Je te maudis indigne charité.

ÉLÉGIE D'UNE MÈRE
A SON ENFANT MOURANT.

O mon fils bien-aimé ! mon idole chérie ,
La voix du Tout-Puissant viens réclamer ta vie
Comme un jeune arbrisseau qu'à peine éclos au vent
Tu viens de succomber sous le noir ouragan.
L'étoile qui veillait ton aurore dorée ,
Vient s'éclipser hélas ! à ta cinquième année
Comme un éclair se perd dans l'espace des cieux,
Tu disparais mon fils à jamais de mes yeux ,
En laissant à mon cœur abreuvé d'amertume
La douleur maternelle, hélas ! qui me consume ;
Mon ange tu n'es plus et le cruel trépas
Est venu sans pitié t'arracher de mes bras.
Je t'appelle , je pleure, à genoux je succombe
Je ne puis t'éveiller, ô ma blanche colombe !
Je cherche pour te voir je cours vers ton berceau
Je n'aperçois toujours qu'un triste et noir tombeau
Ton ombre m'apparaît elle semble me dire :
Je renferme en mon sein ce que ton cœur désire ,
Ne pleure plus ! sur elle arrête tes sanglots
C'est ici qu'elle trouve un éternel repos.

Ombre tu ris de moi, tu goûtes bien des charmes,
Tandis que je me meurs dans un gouffre de larmes;
Malgré moi condamnée à l'horrible malheur ,
Ton tendre souvenir est gravé dans mon cœur ;
Tu savoures mes pleurs et sur moi tu reposes
Comme un blanc papillon se penche sur les roses,
Mais mon fils tu n'es plus, ô toi Dieu d'Israël !
Verse un baume en ce cœur abreuvé par le fiel ;
Protège-moi. mon Dieu, prends pitié de ma peine ,
Je sens mon corps faiblir et perdre mon haleine ,
Je sens jaillir mon sang et me glacer d'effroi
Seigneur, rends-moi mon fils ou bien écrase-moi ,
Ecroule ce tombeau que par ta main bénic
Sur mon sein maternel il recouvre la vie.

LA VOIX DE DIEU.

Sur son chevet béni va goûter le sommeil ,
Ton fils t'apparaîtra si beau que le soleil.

L'ENFANT A SA MÈRE.

Mère dont la douleur,
A pénétré le cœur
Et consume ta vie ;
Je suis un chérubin ,
Près du trône divin ,
Quand l'Eternel je prie ;
Je verse un doux encens
Pour que de tes tourments
La douleur s'en efface.
Pour toi mère d'amour ,
Au bienheureux séjour
Je te garde une place ;
D'un chérubin désir ,

Et pour ton souvenir ,
Permets que je te donne
Un filial baiser,
Avant de m'envoler
Où l'Eternel m'ordonne.

LA MÈRE.

Adieu, mon ange, adieu ! que ton baiser m'est pur ,
Grâce à tes ailes d'or vers l'Océan d'azur
Tu voles bienheureux vers la voûte éternelle
Où la céleste voix en ce moment t'appelle ,
Près du trône divin siégeant auprès de Dieu,
Intercède, ô mon fils, en ta douce prière
Pour que l'ange gardien qui te guida sur terre
Suive jusqu'au tombeau ta bonne mère... Adieu!!!

PRIÈRE POUR UNE AME ENVOLÉE,

Mon Dieu que je vénère,
Exauce la prière,
Que sur l'étroite bière
J'exhale avec ferveur.
Pour cette âme sincère,
Qu'ici-bas sur la terre
Fut l'ange tutélaire
D'un repentant pécheur.

Qu'au séjour bienheureux son âme immaculée
Repose auprès de toi pour prix de ses bienfaits
Et pour ton tendre amour qu'elle soit couronnée
Comme je couronnais cette croix de regrets.

ODE A UNE AMIE.

Ecoute, mon amie, écoute je t'en prie,
Tout ce que je ressens dans cette triste vie ;
Depuis le dur moment que j'ai reçu le jour,
Depuis que je connais ce siècle de lumière
L'infinité des maux qui règnent sur la terre,
Me ronge tour-à-tour,

Ces maux que les mortels endurent en silence
Me déchirent le cœur, il est dans la souffrance,
En voyant qu'on ravit l'obole au travailleur
Qui succombe accablé sous l'affreuse misère,
Tandis que l'opulent injustement prospère
Du fruit de son labeur.

Vois-tu j'ai voyagé sur la terre afrieàine,
Oh ! triste souvenir, tu redoubles ma peine,
J'ai hanté des chrétiens, j'ai confié ma foi
A leurs cœurs corrompus sans arrière pensée ;
Mais de leurs vains discours mon âme est oppressée
  Et me glace d'effroi.

Depuis que j'ai quitté le beau ciel d'Italie,
Toujours par l'ouragan ma barque fut suivie,
Les vents impétueux arrêtaient mes élans ;
Jusqu'à présent nul port n'abrita pas ma tête,
Poursuivi, tourmenté par l'affreuse tempête,
  Je marche avec le temps.

Si je réside ici dans la belle Provence,
C'est après avoir fait ta noble connaissance,
Après t'avoir connu, jadis tes deux beaux yeux
Ont enivré mon cœur d'une amoureuse flamme,
Et calmé tous les maux qui consumaient mon âme ,
  Ange venu des cieux.

Comme moi, chère enfant, tu songes en silence,
Aux soins les plus touchants de ta première enfance,
A ces tendres baisers que l'amour maternel,
Te prodigua souvent sur ta couche bénie ,
Elle n'existe plus cette mère chérie
  Son séjour est au ciel.

Eh bien ! me diras-tu, toi qui connais la vie,
Et qui sais qu'un malheur à cent autres se lie;
Où trouver le sentier d'un avenir plus beau,
Puisqu'enfin désormais nous sécherons nos larmes,
Et que nous n'aurons plus de cruelles alarmes
  Jusqu'au fond du tombeau.

Moi qui perdis trop tôt mon bon et tendre père,
Qui n'ai guère goûté les baisers d'une mère
Apprends-moi de l'amour la suave candeur ;
Sois pour mon avenir, mon guide, mon prophète,
Le nocher de mes jours , de mon cœur l'interprète.
      De ma vie un penseur.

Oui, je te le dépeins cet amour plein de zèle,
De l'amant au cœur pur soit toujours le modèle,
Aimons-nous puisque Dieu nous l'ordonne ici-bas,
Et nous dit que l'orgueil n'est qu'un vol de poussière
Qui se perd dans les airs s'élevant de la terre
      Entraînant au trépas.

Scholastique aimons-nous de l'amour le plus tendre
C'est pour notre avenir qu'un bonheur vient s'étendre
Aux pieds des saints autels où l'on va nous unir ,
La vie est une fleur qui dure une journée
Cueillons-la le matin le soir étant fanée
      Pourrait s'anéantir,

Qui sera plus heureux que nous sur cette terre ,
Je te dirai ma sœur, tu me diras mon frère,
Je serai ton soutien, tu seras mon trésor ;
Après quelques soupirs, charmante Scolastique,
D'une nuit de sommeil, ô ma vierge pudique,
      Le rêve en sera d'or.

Nous quitterons la vie et tu pourras bien croire,
Que ce sera pour nous une éternelle gloire ;
Nos tendres souvenirs, nos fidèles aveux
Renfermés dans nos cœurs resteront dans la tombe,
Et nos âmes unies comme un vol de colombe
      Monteront dans les cieux.

POUR LE JOUR DE L'AN.

Le jour qui vient d'éclore
Au réveil de l'aurore ,
Au lointain se colore
Vers le ciel bleu d'azur ;
Le Maître de la terre,
En ce jour salutaire
Exauce la prière,
Si le souhait est pur.

Mon noble et cher ami recevez en ce jour ,
Du cœur d'un ouvrier le plus sincère amour :
Que le père éternel dans sa magnificençe ,
Pour prix de vos bienfaits vous garde en récompense
Une part dans le ciel réservée aux élus,
Pour que l'humanité compte un ami de plus ;
Et que dans l'avenir sur cette triste terre ,
Elle verse sur vous son baume salutaire,
Seconde votre cœur dont l'amour paternel
Des malheureux souvent a détrempé le fiel,
En lui versant un miel d'amour et de tendresse,
Dont leur doux souvenir vous bénira sans cesse,
En ce jour solennel je ne puis vous offrir
Que des jours bienheureux qu'un brillant avenir ;
Que vos moindres désirs en tout temps s'accomplissent,
Et que vos ennemis sous vos pieds s'engloutissent.

A PROPOS D'UN PORTRAIT DE FAMILLE
envoyé à une sœur.

Le plus doux souvenir , ô ma sœur bien-aimée ,
Que je puis vous offrir pour la nouvelle année,
Du suave désir d'un fraternel amour
Qui fait battre mon cœur à chaque instant du jour,
Je l'expose à vos yeux, jugez, est-ce le même ?
Est-ce bien le portrait d'un frère qui vous aime ?
Si de mes traits aimés vous gardez souvenir,
Songez en le voyant que j'aspire à venir
Vous presser sur mon cœur , ainsi que notre mère,
Unique et seul trésor que j'aime et je vénère ,
Croyez que ce jour-là comblant mes chers désirs
Retrempera mon cœur du plus doux des plaisirs ;
La vie est sans douceur loin de ceux que l'on aime
Et puis le cœur vit-il ? Il ne le sait lui-même.
Que ce portrait vers vous emportant mon espoir
Vous dise le plaisir que j'aurais à vous voir ,
Qu'au foyer paternel il occupe une place
Et qu'auprès de vos cœurs, hélas ! il me remplace ,
Par fois en le voyant songez que loin de vous
Un frère vous chérit et son cœur vous doit tout,
Son cœur et sa pensée, sa vie et puis son âme
Se berce en son amour de la plus sainte flamme.

LE CHASSEUR ET LE GARDE FORESTIER.

L'automne avait déjà terminé sa carrière ,
Et la brise d'hiver sortait de sa tanière ,
Lorsque par un matin de la froide saison
En chasseur je voulus parcourir le vallon.
Mon cœur était alors sans crainte et sans alarme
Lorsqu'un chant me surprit je préparais mon arme;
C'était le cascara perdrix bien jeune encor ,
Se dirigeant vers moi dans son rapide essor
Vers lui sans différer à pas lents je m'avance ,
Je me disais tout bas tu viens sans défiance
Affronter les périls que te cachent ces lieux ,
Ta vie est en danger et ton sort est douteux;
Ton sort est dans mes mains. Telle était mon envie,
Abréger à l'instant les beaux jours de sa vie ,
Mon arme était en joue et prête à l'engloutir
Et mes munitions devaient l'ensevelir.
Dans son rapide essor aussitôt il se lève
Et mon arme fait feu, mon prodige s'achève ,
Soit une maladresse, ou la poudre ou le plomb
Il s'enfuit vivement à travers le vallon.
Néanmoins je le suis visitant les feuillages,
Inspectant avec soin et partout ces parages ,
Je croyais le trouver et sans vie étendu,
Mais ce fut vainement il avait disparu ;
Fureter de nouveau c'était fort inutile
Je revins sur mes pas pour gagner mon asile,
A peine regagnant le chemin communal
Qu'un garde m'arrêta, je frachissais le val ;
Etonné je me trouble et perd mon assurance
Il me dit : De chasser avez-vous la licence ,

Car vous n'ignorez pas qu'il vous faut un permis ;
A ces mots je réponds d'un air humble et soumis :
Le métier de chasseur n'a pour moi point de charme
C'est pour la réparer que je porte cette arme ,
Suivez-moi vous verrez si c'est là mon métier,
Peut-être vous croyez que je suis braconnier.
D'un sinistre regard soupçonneux et farouche .
Il me suit, aucun mot ne sortit de sa bouche,
Arrivant au hameau pour finir ce débat
Il me dit maintenant chez notre magistrat,
Vous me suivrez sans faire aucune résistance ,
Indécis je ne fais que garder le silence ,
Je voulais résister, mais selon son désir
Je pensais qu'à cet ordre il fallait obéir ,
Je franchis rassûré le seuil de cette porte
Et le garde toujours me faisait bonne escorte ;
Devant le magistrat l'injuste forestier
Me fait paraître et dit : ce jeune braconnier
Vient d'être sans permis pris en délit de chasse,
Je reste stupéfait, surpris de tant d'audace
Poursuivant le gibier il revenait du bois.
C'est assez, c'est assez, il a bravé les lois ,
Répond le magistrat, je reprends au plus vite .
Mais monsieur permettez qu'avant on me visite ,
Si l'on trouve du plomb, de la poudre sur moi
Qu'on me fasse subir les rigueurs de la loi.
Cette arme que je tiens est ma seule compagne ,
Elle défend mes jours aux bois à la montagne,
Sans elle je n'aurais ni trève ni repos ,
Surtout lorsque la nuit effeuille ses pavots ;
C'est pour la réparer que je viens au village ,
Le garde me rencontre et m'arrête au passage ,
Jugez sur votre foi, consultez votre cœur.

Si je suis braconnier, punissez l'imposteur.
L'officier de justice après un court silence,
Ordonne au forestier qu'il faut en sa présence
Que l'on me fouille, alors remplissant son devoir
Il vit s'évanouir son décevant espoir,
Car il ne peut trouver sur moi ni plomb, ni poudre,
Il n'est pas en défaut, cet homme, il faut l'absoudre,
Reprit le magistrat et le garde pâlit,
Je lisais sur son front la honte et le dépit.
Et pour moi tout content je relève la tête,
En me disant tout bas ma chasse est satisfaite.
C'est dommage pourtant que la jeune perdrix
Qui cause tout cela ne me reste poùr prix.

SALLE D'ARMES DU PORT DE TOULON.

Franchissez cette voûte où plane l'aigle altière,
Qui promena son vol sur la France guerrière,
Dont l'immense regard dévorant l'univers
Faisait pâlir les rois, même dans ses revers,
C'est ici son palais, là, trône sa grande ombre;
Sortie en un seul jour du fond de la nuit sombre;
On aperçoit aussi notre auguste empereur
Qu'un vote universel fit surgir en vainqueur.
De nos puissants barons la redoutable lance,
Lorsque aux champs d'Israël ils montraient leur vaillance;
Admirez avec soin les armes d'autrefois
Des chevaliers chrétiens, des guerriers et des rois.
Mieux que des parchemins elles marquent les âges,
Conquêtes de tout temps et de tous les rivages.
Mesurant leur acier à l'acier musulman,

Sous les plis onduleux de leur bannière au vent.
Plus loin c'est le canon à sa première enfance,
Dont le bruit formidable a reveillé la France ;
Le large cimeterre armement des pachas
Le yatagant des Cheiks, le fusil des soldats ;
On voit de toutes parts des armes scintillantes
Des mortiers, des canons aux gueules effrayantes,
Des sabres, des poignards suspendus avec art,
Des cuirasses de fer qui furent le rempart
De Godefroy, Reynaud, ces guerriers intrépides
Qui dans Jérusalem furent des fiers Alcides ,
Comme des demi dieux planent sur ces faisceaux
Nous rappelent au cœur des souvenirs si beaux ;
Voyez également au centre de la salle ,
Cette fière statue à la face royale ,
C'est Bellonne sur pied au regard courageux
La fille du tonnerre et l'amante des preux ;
De toute part la foudre entoure la déesse,
De son œil dangereux le canon la caresse ,
Et son glaive étendu semble évoquant le ciel
Faire aux cœurs des guerriers un éloquent appel ;
Son front resplendissant est couronné d'armure ,
Victorieux blason en riche ciselure,
Un glaive est dans sa main l'égide sur son bras
O déesse immortelle et reine des combats !
Et plus loin des guerriers à la large poitrine ,
Dont le feu pétillant dans leurs yeux se dessine ;
Voyez encor celui qui tient un parchemin
Signé de par le roi qu'il faut marcher soudain
On croirait à les voir que l'airain des alarmes
Nous dit sans différer Français, courons aux armes !
C'est Tourville, Vauban, Duguay-Trouin et Jean-Bart,
Duquesne, Gribeauval, Forbin autre Bayard,

Dont les noms à jamais sont gravés dans l'histoire,
La palme de l'honneur les couronne de gloire,
La France tour-à-tour les couvre de drapeaux
Qu'ils ont suivis hélas ! jusqu'au bord du tombeau ;
En contemplant ces preux fils de la renommée,
Honneur, gloire immortelle, ô France bien aimée !
A ces nobles héros, à ces vaillants guerriers
Qui marchaient à la mort pour cueillir des lauriers.

UN MAITRE D'ÉCOLE A SES ÉLÈVES,

Méditez,
Ecrivez,
La grammaire
Vous éclaire
Du flambeau
Le plus beau ;
Sur la terre
Il n'est guère
Des rayons
Si féconds.

A L'AIGLE DU TROPHÉE

DRESSÉE DANS LE PARC D'ARTILLERIE DU PORT

DE TOULON,

Emblème de valeur de force et de courage,
Toi qui bravas jadis les fureurs de l'orage
Et qui sus traverser l'immensité des mers
Promenant nos drapeaux sur ce vaste univers.
Je te revois encor symbole d'espérance,
Aigle majestueuse image de la France
Couronner l'étendard du signe de l'honneur
Dont l'empire français suit la marche en vainqueur ;
Je te vois revenir de lauriers couronnée,
De la tour Malakoff, rempart de la Crimée,
Dans tes serres de fer ton tonnerre puissant
Dompte tes ennemis et les plonge au néant ;
Oui c'est toi que je vois rayonnante de gloire,
Au sommet du trophée emblème de victoire,
Dont le bronze et le fer seront le souvenir,
De nos braves soldats morts pour le conquérir.

A UN POÈTE.

Avant de prononcer ma timide parole ,
Qui fait battre mon cœur et que l'âme console ,
Maître pardonne-moi.
Si j'ose en faibles vers pour prix de ta grande àme
Déposer à tes pieds ma chaleureuse flamme,
C'est que je crois en toi.

Tu me dis que les vers du cœur du prolétaire ,
Pétris par le levain de l'ingrate misère
Ont pénétré ton cœur ;
Que l'humble charité que je rève et je chante
Des pauvres indigents est l'âme palpitante ,
Qui calme la douleur.

Travaille, me dis-tu, le travail est la source ,
Qui donne aux travailleurs une faible ressource
Et prolonge les jours ;
Le Christ nous l'ordonna suivons son saint exemple
L'amour et le travail réside dans son temple
Qui brillera toujours.

A ton ordre sacré je sentis que les larmes
Sillonnèrent mes cils comme emblème de charmes ,
Suave souvenir ;
Réflecteur de ma vie et symbole de gloire ,
Dont mon cœur attendri gardera la mémoire
Jusqu'au dernier soupir.

Jaloux de mon orgueil chacun voudrait connaître
La missive portant le nom d'un si grand maître
Dont l'ardente splendeur ,
Sur l'écharpe d'Iris ceinte d'une auréole ,
Majestueusement de l'un à l'autre pôle
Bénit notre Seigneur.

3

Oh ! dirige toujours cette juste balance,
Que Dieu te confia dans sa toute puissance
   Pour ta sincère foi ;
Comme dans le désert le grand prêtre Moïse,
Guida l'Israélite à la terre promise ,
   A ton tour guide moi.

Désaltère ce cœur dont la source est tarie,
Daigne me protéger dans le cours de ma vie
   Sous ton bleu ciel d'azur ;
Mes vœux vers l'Eternel d'une flamme secrète
Pour toi s'exhaleront, ô mon noble poète !
   En encens le plus pur.

Je chante en travaillant, je médite en silence ,
La foi, la charité, comme aussi l'espérance
   De t'ouïr, de te voir. -
Mes jours seront heureux âme sainte et divine,
Si tu veux à tes pieds que ma muse s'incline ,
   C'est mon unique espoir.

LE FILLEUL A SA MARRAINE

Ou le baptême refusé.

Qui m'aurait prédit ,
Qu'une blanche fleur
Au monde oppresseur
Dût paraître ,
Un méchant dépit
A saisi mon être ,
Et s'empare de mon esprit.

Tu seras ma souveraine,
Oh ! mon aimable marraine
Tu seras ma souveraine ,
Au séjour mystérieux ,
Entouré de mes aïeux
Je dirai tout bas ,
Prends-moi dans tes bras
Ma marraine,
Car ton âme à toi
M'a donné la foi,
Foi chrétienne,
Et mon cœur sera tout à toi.

Si dans mon berceau,
Abreuvé de fiel,
Loin de ton beau ciel
Tout en peine ;
C'est qu'un noir flambeau ,
M'éclaire et m'entraîne ,
Vers un avenir nouveau.

Si l'affreux destin ,
Qui poursuit toujours
Abrège les jours
        De ma mère ;
Mon ange gardien
Sera sur la terre
Mon unique et seul soutien.

Tu seras ma souveraine
Oh ! mon aimable marraine ,
Tu séras ma souveraine
Au séjour mystérieux
Entouré de mes aïeux.
Je dirai tout bas ,
Prends-moi dans tes bras,
        Ma marraine,
Car ton âme à toi
M'a donné la foi,
        Foi chrétienne,
Et mon cœur sera tout à toi.

ODE A UN AMI

Ami, mon tendre ami, ces vers sont l'apanage
Que j'ose vous offrir comme un gage de cœur,
Si vous doutez de moi comme de mon langage,
Acceptez seulement le sincère suffrage
    D'un jeune travailleur.

Ne croyez pas ami cette humble flatterie,
Dont bien de malheureux en sont empoisonnés;
Ils cherchent, mais en vain, de regagner la vie,
Sous le poids de l'horreur et de l'ignominie,
    Ils tombent écrasés.

Oh! non, je ne crois pas que l'astre qui m'éclaire,
De son céleste feu n'allume mon désir ;
Je crois à son ardeur d'un amour bien sincère,
Souhaiter à l'ami que j'aime et je révère
    Un brillant avenir.

Une nouvelle année à nos yeux vient éclore,
Que son nouveau climat embaume l'univers ;
Que le grand Apollon au lever de l'aurore,
Apparaisse en son char que l'astre du jour dore
    Chantant pour vous des vers.

Oh! il me semble ouïr du Très-Haut la voix sage.
Dont le son me provient des plaines d'Orient
Me disant de donner pour unique partage
A l'ami le plus pur son beau ciel sans nuage.
    Et son vaste océan.

Ses vallons verdoyans, ses sources argentines,
Le doux chant des oiseaux et ses bosquets de fleurs,
Ses ravins veloûtés de teintes purpurines ,
Enfin tout l'univers et ses beautés divines ,
　　　L'unique des bonheurs.

Tout pour vous, oui, pour vous cette vaste prairie,
Pour vous ce beau soleil, et pour vous ce beau ciel ;
L'immensité des mers et la douce harmonie ,
Ce baume parfumé tout à vous je dédie,
　　　Et pour moi tout le fiel.

Grand Apollon merci, merci, Thalie et Flore,
C'est vous trois qui venez d'embraser mon ardeur ;
En ce beau jour de l'an que tout chrétien honore
Des plaines du couchant à celles de l'aurore
　　　J'en rends grâce au Seigneur.

Mon magnanime ami mon cœur de prolétaire,
Ne peut que vous offrir en ce jour de gaîté,
Les jours les plus heureux seul bonheur de la terre,
C'est pour vous que je fais cette ardente prière.
　　　Gloire et prospérité!

LE RÊVE D'UN POÈTE

A l'heure solennelle où la lune argentine
De sa pâle lueur éclaire la colline ,
Le firmament d'azur pour embellir son cours
De perles, diamants vient émailler mes jours.
Assis près du balcon dans ma sombre chambrette ,
Sur un mauvais grabat je reposais ma tête
En contemplant, hélas ! le lugubre avenir;
Que mon cœur malheureux est contraint de subir ;
Quand le dieu du sommeil invisible à ma vue
S'empara de mes sens d'une force inconnue ,
Laissant mon frêle esquif dans un aride port
Lutter avec mon cœur de la vie à la mort.

RÊVE.

Comme le ciel est pur, comme la mer est belle ,
Le calme de son sein se prodigue avec elle ;
L'aquilon furieux a calmé son courroux
Allons Neptune, allons, dans ta barque légère.
Il faut guider mes pas vers une île étrangère
        Inconnue aux jaloux.

Pour pouvoir contempler dans ces sombres abîmes
Si comme à mon pays on y commet des crimes,
Ou s'il règne en son sein le calme du repos ;
Dans ce gouffre profond, ses tanières secretes
Y trouve-t-on le calme ou des noires tempêtes
        Réveillant le chaos.

Oh ! ne diffère pas Neptune je t'en prie;
Un seul instant suffit pour eteindre ma vie:

Ne vois-tu pas venir ce monstre furieux,
Aux écailles d'acier, aux cent gueules béantes
Montrant de triples dents, de machines sanglantes,
   Et vomissant des feux.

NEPTUNE.

Sur la vaste plage
Dont je suis le roi,
Ne crains pas l'orage
Viens, imite-moi,
Le ciel sans murmure
Ne peut rien sur nous,
Mon trident t'assure
Les flots sans courroux.

Connaissant de mon cœur la douleur et la peine,
Tu m'offres, me dis-tu, le sein de ton domaine,
Je te suis, rois des mers, sur ton gouffre mouvant
Si mon faible regard cherche à sonder la plage
Arrête, ô dieu Neptune! un périlleux voyage
   D'un coup de ton trident.

(Comme un rapide éclair la vague fugitive
Nous éloigna du port vers la lointaine rive)

Je tremble et je fléchis... Je sens battre mon cœur,
A l'imposant aspect... Arrête, je contemple
Ces îlots abattus comme un antique temple :
Ces rochers ciselés par la vague en fureur,
Monument précieux pour celui qui l'admire,
Emblème de pitié tu sers de point de mire
   Au triste voyageur.

Un tumulte effrayant retentit sur la lame
Qui supporte nos pas. Pour moi serait-ce un blâme?
Du fond des mers venant de nouveau m'affliger;
Ne vois-tu pas vers nous venir cette phalange,
De poissons fugitifs qui cherchent dans la fange
      Pour pouvoir s'abriter.

Ne vois-tu pas aussi l'épouvantable mine
De ce monstre effrayant à la large narine ;
Poursuivre dans son lit les sillons tortueux
Pour atteindre sa proie, il serpente la roche,
Ranimant sa fureur sitôt qu'il en approche
      En s'abattant sur eux.

(Et ce monstre cruel avide de furie
Sans longtemps différer, pour leur prendre la vie,
Les traque, les poursuit jusques au fond de l'eau)

L'infâme a satisfait sa volonté farouche,
En les engloutissant dans son énorme bouche.
Partons, ô roi des mers, franchissons ce tombeau,
Il s'avance vers nous, il a suivi la trace ;
Sauvons-nous! sauvons-nous! ô Neptune de grâce ,
      Evitons ce fléau.

C'est assez contempler l'immensité des ondes,
Ces rochers escarpés et ces grottes profondes ;
Tout prédit à mon cœur un décevant espoir
Jupiter en courroux fait gronder son tonnerre,
Et mon œil ébloui n'aperçoit plus la terre
      Qui doit me recevoir.

NEPTUNE.

Si tu crains la foudre,
Ce monstre inhumain,
Je vais me dissoudre
Pour y mettre fin.
J'aperçois une île,
Séjour du labeur,
Où l'on vit tranquille
Au sein du bonheur.

(Avec rapidité plus prompt que le tonnerre
Je fus de l'Océan lancé sur cette terre;)
Et berçant mon espoir d'un plus doux avenir,
Je fuis loin du chaos et du monstre parjure ;
Que ces sombres cyprès forment la sépulture
Qui doit m'ensevelir.

NEPTUNE.

L'éclair se déchaîne
Du noir firmament,
Et sur mon domaine
Tombe en foudroyant.
Que moi je sommeille,
Quand de toutes parts
La foudre s'éveille :
Oh ! non, non, je pars. !

(Et le dieu du sommeil s'éclipsant de mon âme,
Eveilla dans mon cœur une brûlante flamme.)
Pareil à ces poissons nageant au fond de l'eau
Nos jours sont poursuivis par le même fléau;
Si du monstre marin ils bravent la furie

Pour l'inhumanité nous regrettons la vie,
Si le séjour mousseux ne les abrite pas,
L'humanité toujours nous a fermé les bras ;
Si l'ardeur du soleil importune sa course ,
Le cœur est abreuvé par le fiel sans ressource,
Ces rocs sont ciselés par la vague en fureur ,
Nos visages humains sont mornes de douleur..
Hélas que devenir dans ce siècle ou nous sommes ,
On ne reconnaît plus la loyauté des hommes ;
L'avide accapareur remplit ses coffres d'or
Et le père des lois sur nos peines s'endort.

LA PROSTITUTION.

Sexe flétri par des mœurs dépravées ,
Je sens mon cœur torturé de vous voir ;
Faudra-t-il donc pauvres prostituées
Que mon esprit vous rêve sans espoir.
Où faudra-t-il que mon amour t'oublie,
N'aurais-je pas la consolation ,
D'entendre un cri d'humanité chérie,
Dire il n'est plus de prostitution

Quand vous mangez le pain de l'opulence,
Vous oubliez le pain noir paternel,
La vanité corrompt votre innocence
L'étoile d'or suit le toit maternel ;
A son retour cette étoile changeante,
Ne brille plus que par illusion,
Que je voudrais ouïr la voix puissante,
Dire il n'est plus de prostitution

Sous le fardeau de l'ingrate misère,
Fille du peuple, hélas ! que faites-vous ?
Vous oubliez, enfant du prolétaire,
Que le travail est le sort le plus doux ;
Vous oubliez dans votre obscure aurore,
Que de l'orgueil naît la corruption,
Hélas ! mon Dieu ! pourrai-je entendre encore
Dire il n'est plus de prostitution.

L'orage humain grondant sur votre tête,
Avec fracas dérobe vos printemps
Sous l'ouragan de l'affreuse tempête
La blanche fleur s'envole au gré des vents ;
Elle ne peut renaître dans la vie,
Tout est perdu par la déception
Que je voudrais entendre, ô mon génie !
Dire il n'est plus de prostitution.

UNE RENCONTRE,

L'AMI,

Quelle est donc cette fille au teint pâle et bruni
Dont un trait indûment sur son front est terni,
Qui relève sa tête aussi fière qu'un chêne
Avec rubans ondés sur ses cheveux d'ébène ;
L'apparat de son sein de velours emprunté,
Vrai modèle à mes yeux de l'orgueil indompté.
Je l'aperçois souvent voltiger sur la place,
Elle imite le paon par son faste et sa grâce,

Et berçant avec art ses séduisants attraits
Pour avoir un amant elle farde ses traits ;
Ami, tu me comprends, peux-tu me satisfaire,
Dévoiler à mes yeux cet étrange mystère ?

LE POÈTE,

Non, je ne puis souscrire à tes tendres désirs,
Sans laisser échapper quelques tristes soupirs ;
Fixe mes pâles traits, écoute mon haleine,
Tu sauras de mon cœur la douleur et la peine ;

L'AMI,

Tu l'aimes en secret, la douleur te trahit,
Ne diffère donc pas réponds-moi mon ami,
Je pourrais t'adoucir de l'ingrate amertume
Qui fait battre ton cœur et ton âme consume.

LE POÈTE,

Si longtemps à tes yeux j'ai caché ce secret,
Tu le sais mon ami que l'amour est discret ;
De l'encens orgueilleux craint la noire fumée,
D'humiliation l'âme reste abreuvée ;
Mais je dois aujourd'hui t'avouer cet amour
Qui fait battre mon cœur à chaque instant du jour,
C'était le doux moment où le cœur ne peut taire,
Ce que de la nature il reçut pour salaire
Qu'aussitôt l'âge mûr d'en recueillir le fruit,
Pour en rendre plus tard le plus tendre produit,
Et que dans l'avenir ma nacelle frivole
Vogue au sein du bonheur ceinte d'une aureole,
Que l'ingrat Cupidon de son dard vénimeux,
Me perçant de ses traits me rendit malheureux.
J'aimais du fond du cœur, j'aimais avec constance,

Une fille qu'alors fesait mon espérance
A qui je confiais mes chagrins, mes revers,
Que depuis bien longtemps mon cœur avait soufferts
Elle aussi connaissant de mon cœur la tristesse
Savourait de l'amour la suave tendresse,
Depuis l'heureux moment de notre doux serment
Oh ! combien de soupirs ont volé dans le vent ;
Et combien de baisers sur sa bouche vermeille,
Ont distillé le miel que distille l'abeille,
Mais mon sort fut changé par un fatal destin
Qui détrempa le miel dans un méchant venin ;
Sur les ailes criblées de l'orgueil éphémère,
Son virginal amour prit l'essor mercenaire,
J'ai maudit son orgueil, sa vile vanité,
Mais ce méchant poison dans mon cœur est resté ;
Il est la renfermé qui ronge et qui dévore
Helas ! pour le sortir je suis trop faible encore.

L'AMI,

Ecoute mon ami d'un amour si cruel,
J'ai goûte comme toi la douceur et le fiel,
Et j'ai su détourner la flamme vaporeuse
Qui souvent des amants rend l'âme malheureuse,
Vogue, mon cher ami, vogue loin de ce port
Un plus doux avenir vient planer sur ton sort ;
Toi qui reçus du ciel la divine harmonie
Que prélude Apollon et que chante Thalie,
Voudrais-tu désormais aspirer à la fleur
Qui depuis bien longtemps a perdu sa fraîcheur ?
Oh ! non, vas parcourir ces côteaux et ces plaines,
Les étoiles des champs, les riantes fontaines,
Assis sur le gazon au murmure des eaux,

Ecoute le concert de ces charmants oiseaux ;
Tranquille et respirant cette douce verdure
Qui tapissant nos prés embaume la nature.
Tes jours seront heureux, tandis que cette fleur
Flétrira sans vertu, sans gloire et sans honneur.

LE POÈTE,

Oh ! merci mon ami de ma brûlante flamme
Tu calmes la douleur qui consume mon âme.

UNE PLAINTE.

C'est trop causer de pleurs à celui qui t'adore
O fille sans amour, cœur trempé dans l'orgueil !
Tu cherches à briser mon cœur trop jeune encore
Et le faire descendre au fond d'un noir cercueil.

En t'approchant de moi craindrais-tu donc encore.
Déshonorer ton nom, le mien partout est pur.
Viens épancher ton cœur à celui qui t'implore,
Oui, viens lever vers lui tes yeux brillant d'azur.

Viens secourir l'amant qui craint trop sa faiblesse
Tu calmeras l'amour qui lui ronge le cœur,
Je te répéterai ce que je dis sans cesse,
Que le premier amour c'est le premier bonheur.

Elle entend mes accents, elle écoute ma plainte,
Ses lèvres de corail expriment un souris,
Approche auprès de moi, viens sans aucune crainte
Car mon âme embrasée en demande le prix.

LA MADONE.

Je t'aime, m'as-tu dis, et moi pour toi je pleure,
Ange béni de Dieu viens donc pencher sur moi
Ton front pâli de deuil qu'un noir duvet effleure,
Oh ! cœur brûlant d'amour à qui je dois ma foi.
Abreuvé de tourments à toi je m'abandonne ,
En m'éloignant d'ici je n'ai qu'un seul désir
Chaque instant à genoux j'implore la Madone
De veiller sur mes pas pour pouvoir revenir.

L'amour d'un cher amant n'est pas ce blanc nuage
Qui, chassé par le vent s'éloigne de nos yeux,
Et puis vers l'horizon de la lointaine plage
Se perd cômme un éclair dans l'espace des cieux.
Oh ! non, c'est un appui d'une forte colonne
Qui soutient ici-bas le malheureux martyr,
Chaque jour à genoux j'implore la Madone
De veiller sur mes pas pour pouvoir revenir.

Réponds a mon amour! exauce ma prière !
D'un suave baiser viens soulager mon cœur,
Avant de te quitter que ta bouche sincère
Respire un doux adieu dans toute son ardeur.
Car si je dois partir sans que ta voix l'ordonne ,
Hélas/ quel triste sort il me faudrait subir
Avant de te quitter j'implore la Madone
Pour qu'un jour à tes pieds je puisse revenir.

RÉVEILLE-TOI.

Reveille-toi ma douce amie
Pour écouter quelque soupir,
Que ton amant à toi confie
Sans l'aile pure du zéphir ;
Pourquoi gardes-tu le silence
Ange d'amour dis-moi pourquoi ,
Pour me calmer de ma souffrance
      Reveille-toi.

Dans quelques vers je vais te dire
Que pour toi seule je vivrais
Que pour toi seule je respire
Que pour toi seule je mourrais ;
Pour toi mon âme se consume
Pour toi mon cœur frémit d'effroi ,
Pour adoucir mon amertume
      Reveille-toi.

Je vois au loin la pâle lune
Se voiler d'un nuage osbcur
Est-ce pour moi dis-le ma brune
Que le ciel change son azur ;
Le firmament cache l'étoile
Que chaque soir veille sur moi ,
Avant que le ciel se dévoile
      Reveille-toi.

Le rossignol en harmonie
Chante avec moi ce doux refrain
Que pour toujours ma douce amie
Ton cœur s'unisse avec le mien
Si ton amour jamais ne change
Toujours esclave sous ta loi
Je resterai près de mon ange,
      Reveille-toi.

L'OISEAU DU BOCAGE.

Petit oiseau qui dort dans le bocage.
Aucun effroi ne tourmente ton cœur,
Prends garde à toi tu seras le partage
De Jupiter qui commande l'orage,
Encore plus des foudres d'un chasseur.

Sous les rameaux qui soutiennent ton aile
N'entends-tu pas la couleuvre ramper.
Charmant oiseau si ton cœur ne chancelle
Ne soit pas sourd à la voix qui t'appelle,
Dans un instant on viendra t'immoler.

Combien de fois ta bonne et tendre mère
Cherche le toit où tu reçus le jour,
Combien de fois elle se désespère
Et dans l'enclos de la sombre chaumière,
Cherche le fruit de son premier amour.

Songe pourtant à l'amour de ta mère
Petit oiseau qui dort sans nul remord,
Elle a bien su des dangers te soustraire
Eveille-toi, hélas ! quand on diffère,
On s'engloutit au sommeil de la mort.

SOUVENIR.

Hélas ! je m'en souviens je n'avais pas cinq ans
Et j'étais entouré par mes tendres parents,
Chacun me prodiguait une tendre caresse,
Ma mère souriant d'un maternel amour
Me pressait sur son cœur et disait tour à tour,
Tu seras le soutien de mon humble vieillesse.
Elle n'existe plus celle que j'aimais tant,
Le destin malheureux l'a plongée au néant ,
Après qu'elle eut vidé la coupe de la lie,
Pensif et prosterné trahi par la douleur
Pour prix de son amour je demande au Seigneur
Qu'il la place au séjour de l'éternelle vie.

SUR UNE TOMBE.

C'est ici renfermé sous cette froide pierre
Que repose le corps d'une vierge sincère ;
Digne par sa vertu, noble par son bon cœur
De sa mère elle fut l'ange consolateur.
Le Seigneur a voulu pour combler sa sagesse
Du gouffre la sortir pour finir sa tristesse,
La placer dans le ciel séjour des bienheureux
Comme âme blanche et pure de l'ange vertueux.

LES ADIEUX D'UN ARTISTE LYRIQUE.

Favori de Thalie acceptez de nos cœurs
Comme un doux souvenir un sincère apanage
Ce présent parfumé que la reine des fleurs
A tressé de ses doigts pour vous en rendre hommage
Les progrès sont pour vous, tel est notre désir ;
Thalie et Apollon vous couronnent de gloire
Daignez donc de ce jour conserver la mémoire
Comme nous conservons votre doux souvenir.

Toulon.—Imp. Vᵉ BAUME, rue Neuve. 20.

Toulon —Imprimerie Ve BAUME, rue Neuve, 20.

www.ingramcontent.com/pod-product-compliance
Lightning Source LLC
Chambersburg PA
CBHW061653180626
46818CB00003B/1074